내
마음
의
소리

# 내 마음의 소리

송병길 시집

SIA시아

# 추천사

송병길 의원이 쓰신 시들을 보며 저 또한 고향에 대한 마음이 애잔하게 느껴져 깊이 공감이 됩니다.

분명 홀로 타향살이하시며 녹록지 않으셨을 텐데, 아픔의 시간들과 눈물의 여정을 이제는 보석처럼 엮어 아름다운 작품으로 만들어 내심을 축하드립니다.

그리고 그동안 타향을 제2의 고향으로 개척하여 일구시고 마포 지역의 우뚝 세워진 바닷가 등대같이 길을 비추고 계시는 일을 맡아서 해오셨음을 알고 있습니다.

영특하고 냉철한 이성으로 옳고 타당한 일과 그른 일을 선별해 내실 수도 있고, 넓은 안목으로 다양한 세대의 아픔을 돌아보고 어루만질 수 있는 인품도 갖춘 분이심을 알기에 시와 글들 하나하나가 진심이 느껴집니다.

저 역시 수많은 역경들을 지나오며 시대의 아픔을 공감하는 안내자로 살기를 원하기에 함께 마음을 나누고 싶습니다.

서로의 좋은 조언자가 되어 많은 이들에게 도움이 되며, 의미 있는 일들을 공유하며 함께 실천하고 싶습니다.

송병길 시인의 《내 마음의 소리》 시집을 출간하셔서 마음을 따뜻하고 포근하게 적시는 일까지 해주심에 깊은 감사를 전합니다.

박주선(전 국회부의장)

# 추천사

송병길 시인은 부지런함과 열정이 느껴지는 분이십니다. 또한 순수함과 지혜로움, 세상을 향한 용기와 애정을 간직하고 계십니다.

뿌리 깊은 나무는 흔들리지 않듯이 공의로운 세상을 세우고 싶은 굳은 의지를 지니셨으며, 사람과 자연에 대한 사랑을 표현하며 실천해 가는 모습이 돋보입니다.

고향에 대한 그리움, 삶과 이웃에 대한 애틋한 마음이 녹아 있는 시집을 출간하심을 축하드립니다.

누군가를 마음으로 응원하는 데 그치는 것이 아니라, 친히 선봉장으로 앞서 나가며 세상을 변화시키고 실제적인 도움과 실체가 되어오신 모습이 더욱 시와 글에 설득력을 더해 깊은 공감을 불러일으킵니다.

이웃의 어려움과 아픔, 부당한 대접을 받는 삶에 지체 없이 달려가 도와주고 다시 일으켜 주는 힘이 되는 존재로 지역사회에 귀한 역할을 감당하시리라 확신합니다.

이 시집이 코로나로 희망을 잃고 방황하며 길을 찾고 있는 이들에게 안식과 꿈을 향한 도전이 되리라 믿으며, 많은 이들에게 추천하고 싶습니다.

박홍섭(전 마포구청장)

# 추천사

송병길 의원을 보면 균형과 조화가 떠오릅니다. 인테리어 건축 분야를 넘어 정치와 문학의 분야로 지경을 넓혀가고 있는 모습 속에 현실과 이상을 아우르는 포용력과 열정이 인상적입니다.

생활환경의 제반 문제를 중심으로 사회경제, 심리학 영역을 연구하여 다져진 도시계획 분야의 내공과 현실 감각으로 마포 지역의 도시계획의 꿈을 아름답게 이루어 나갈 것을 믿습니다.

《내 마음의 소리》 시집 발간을 진심으로 축하하며, 마포 발전을 위한 도시계획의 꿈 이룰 것을 거듭 응원합니다.

진양교(홍익대학교 건축도시대학원 교수)

# 시인의 말

누구에겐가 털어놓고 싶은 속내를
한 편의 시에 담아 공감 소통하는 것이
은유적 기쁨인 것을 느꼈다

마포에 대한 애착과 추억을 시에 담아
조심스레 펼치면서
더 큰 마포 사랑을 다짐해 본다

겨울이 깊어지면 봄이 오듯이
어려움 뒤에는 희망의 꽃이 피리라 기대한다
정치, 경제, 사회, 문화, 교육 전반에 걸쳐
우리 사회에 봄날이 오리라 희망하며
시의 감성으로 마음을 나누고 싶어
시편들을 세상에 내놓는다

시를 쓸 수 있도록 이끌어 주신
주위 사랑하는 분들께
고마움을 띄운다

# 목차

## 1부

### 마포 | 014

# 2부

## 자연 |050

# 3부

## 낭만 | 084

# 4부

## 가족의 고마움 | 104

# 1부
# 마포

그저 마포란 이름만 들어도
힘이 난다

마포를 떠나지 않을 것이다

# 마포

돌아다니다 집에 들어온 것 같은 평안이
마포라는 이름 속에 다 들어 있다

오랜 세월로 고향이 된 마포의
풀 한 포기, 나무 한 그루, 새 한 마리
소중한 이름들은 이미 내 안에서
사랑으로 자라고 있다

나는 무엇으로 사는가?
물으면 그 답 역시
마포다

힘들 때나 답답할 때
마포는 살포시 위안의 말을 건넨다

"잘 될 거야, 힘내!"
마포의 언어를 들으며
흩어진 생각을 모아본다
어디선가 날아드는 철새가
내 마음을 엿듣고 날아간다

# 마포 이야기

그저 마포란 이름만 들어도 힘이 난다
마포를 떠나지 않을 것이다

나의 희망, 나의 꿈이 이루어진 곳
더 큰 꿈을 이룰 마포는 나의 종착역이 아닐까?

그러기 위해서는 아직 할 일이 많다
도시계획과 문화 관광산업 활성화로
온 구민들과 함께 웃음꽃을 피우는 일

한강의 아름다운 경관을 갖추고 있으며
인천 공항의 진출입로에 위치하고
상암 지역은 방송의 메카로 자리 잡고
홍대 앞 상권은 글로벌 젊음의 광장으로
또한 마포는 통일을 대비한 희망의 지역

마포는 나의 비전, 제2의 고향
마포는 명품 도시가 될 것이다
이름만 들어도 좋다
영혼 깊숙이 정겹다

# 제2의 고향 마포

아름다운 한강
절두산 성지 앞
내 삶의 터전 둥지 만들고
희망의 아침 맞이하며
두루 둘러본 분주한 일상
휴식 취하는 저녁 세월도
벌써 30년이 지났네

내일을 준 마포
행복을 준 마포
꿈을 준 마포
가족을 준 마포
마포는 나에게 넉넉함 주었네

은혜와 세월이 만든
제2의 고향 마포
기쁨이 따로 없네

양화진 공원 큰 목련
무럭무럭 자라도록

비틀린 나뭇가지 바로잡고
쑥쑥 크라고 칭찬하고
부족한 에너지 채워 주고
만개한 목련꽃 함께 피우리

은혜와 사랑, 감동이
옆집 아줌마 밝은 미소
환한 아저씨 힘찬 발걸음
어르신들 넉넉한 여유 주었네

이분들과 이렇게 마포에서 살련다

# 마포의 꽃 목련

* 마포의 꽃 : 목련


이른 봄을 품은 하얀 순수

꽃은 날개가 되어
꿈을 실어 나른다

지상을 밝히는
예언의 빛으로
마포의 봄을 환하게 펼친다

사랑과 지성의 끈으로
사람과 사람 사이를 진실하게 묶어주는
목련의 감성

과거와 미래를 잇는 오늘의 힘은
하얗게 빛나는 목련이
선구자의 빛으로 이끌어 주기 때문이다

# 마포의 단풍나무

사랑의 빛깔은
아마도 붉은빛일 것이라고
단풍나무는 실바람에 속살거린다

직선의 딱딱한 분위기도
곡선의 부드러움으로 채워 주는
사랑스러운 작은 손짓들
소녀들의 책갈피에서 빨갛게 빛나는 단풍잎

* 마포의 나무 : 단풍나무

손바닥 닮은 작은 나뭇잎에
시간을 살아낸 인내가 보인다
비바람에도 단아하게 제자리 지키며
쉬어 가는 풍경을 만드는 단풍나무

추억의 날들은 다시 살아 오르며
색 바랜 그리움에 물이 든다
머물고 싶은 여백에 심어진 나무
울타리 안과 밖에서 우리들의 마음에
겸손과 행운을 주는 단풍나무

# 마포의 청둥오리

물안개 자욱한 강가
금실 좋은 청둥오리 부부가
새끼들을 거느리고 물놀이 중이다

물에 투영된 나무 그림자 사이로
잔물결 헤치는 오리들을 감싸는 강물은
엄마의 품처럼 따뜻하게 보인다

사람들도 오리가 되어 물결을 느끼며 함께 돈다
가족이란 바로 저런 조화로운 모습이다

불협화음은 수면 아래로 내리고
사랑의 화음만 표정에 담아 끌어안고 잡아주는 것이다

평화롭게 살아가는 청둥오리 가족들이
추운 계절을 따뜻하게 그려내고 있다

*마포의 새 : 청둥오리

# 마스크는 야누스다

코와 입만 가린 것 같아도
얼굴의 반을 가리다 보니
때로는 표정으로 읽을 수 있는
속내를 알 수가 없다

지옥문을 지키는 야누스의 이중성이
요즘 마스크 속에서 활개를 친다

엉킨 숲 같은 현대인의 일상이
마스크 속에서 또 다른 자화상을
만들어 내고 있다

순수가 사라지면 무엇이 남는가?
마음의 야누스는 없기를
머리 굴리는 얄팍한 일은 없기를

오늘도 마스크를 챙기며
생각에 잠긴다

# 한강에서

강물은 발원지에서부터
이 나라 사람들을 먹이기 위해 분주하다

우리나라 중부를 흐르는 남한강, 북한강
아름다운 양쪽 줄기
끊임없이 이어온 물의 흐름은
조상 대대로 생명의 근원을 일깨우며
먼 바다로 향했다

낮은 곳은 쓰다듬으며
깊은 곳은 출렁이고
어머니의 손길 담은 포용으로 흘러왔다

우리의 혈맥을 타고 흐르는 아리수
사계절을 말없이 흐르며
사랑을 주는 생명의 강

한강은 우리의 정신이다
한강
한강
한강은 영원하리라

# 하늘공원

찬바람 새벽
밤새 젖은 몸을 훌훌 털고
가벼운 날개를 단 것처럼
하늘공원 길을 거닐었다

갈참나무, 소나무, 아카시아
솟아 있는 푸른 나무들을 보는 사이
가장 높은 곳에
마침내 푸른 억새밭 천지

두고 온 고향
청보리밭을 보듯
두 손 내밀어 정겹게 만지는데
부르면 대답할 듯 귓가에 스치는 바람소리

내 몸이 마치 하늘과 맞닿을 듯이
가벼워지는 것을 보니

이래서 하늘공원이구나

# 발걸음

이른 새벽 동트기 전
집에서 나오는 길

가로등 불빛 아래 비친
내 그림자 앞세운
힘찬 발걸음

앞서가는 긴 내 그림자
함께 가자니 정겨운 아침이다

첫새벽 발걸음은
상쾌, 기쁨, 희망, 다짐을 준다

오늘도 발자국 소리 리듬에 맞춰
벅찬 행복이 밀려온다

# 세상은 아직도 뜨겁다

대장동 특혜로 무리들이 위법을 누리고
우두머리는 어디 가고 몸통들만
자살인지 타살인지 놀라게 한다

대통령 하겠다고 동분서주하는 후보들
무엇이 정의이고 상식인지 아리송하다

코로나로 인해 소상공인들은
제발 영업하게 해달라고
큰 무리를 짓고서 애원하며 소리친다

그래도 누군가는
평생을 김밥 팔아 모은 돈
일 년 내내 주던 돼지 저금통으로
어려운 이에게 희망을 주고

빵집 아저씨가 등굣길 아이들에게
빵을 나눠주는 손길은
우리가 사는 세상을 뜨겁게 달군다

예절과 정의, 상식이 무너져 가는 세상
국가라는 이름에 우리는 다시금 협력한다

밝고 넓고 깨끗하고 뜨거운 세상을 만들기 위해
우리는 협력해야 한다

# 소나무

참으로 애썼다
긴 세월 만들어 온 너의 모습
수많은 역경을 이겨낸 너

아름답다
고귀하다
칭찬한다

구름같이 널따란 바윗돌
깜깜한 틈 사이를 비집고 나와
갑옷 입은 소나무
너를 보며 쉬어 간다

예리하고 푸른 바늘로
둔해진 나의 정신을 깨우쳐 주는 너

나도 너처럼 고귀해지려고
쉼 없이 배운다

# 새해 아침의 간절함

새해마다 간절하게 소원을 빌어본다

지난해의 아쉬움과 부족함 때문일까
유난히 새해 아침의 소원은 간절하다

보다 성숙해짐의 몸부림이 아닐는지
새해마다 다짐한다

잘못된 습관을 고치기 위해
금연을 위해
주변 분들에게 못다 한 사랑을 위해

보다 성숙해지고자 하는 다짐이 아닐는지

# 아름다운 한강

아름다운 한강
서울의 기쁨이네

빌딩숲 사이 뜨는 해
희망을 안겨주고

지는 해 바라보면
온유함 느껴지네

강바람 맞으며
밤하늘 바라보니
별들이 나를 반겨주네

아름다운 한강
우리 사랑의 쉼터가 아닐런지

# 아픈 마음

(박근혜 대통령 탄핵선고 날, 영종도 을왕리 바닷가에서)

오늘은 왠지 마음이 많이 아프네요

기각 또는 각하 되기를
희망하며 기다렸건만
인용으로 헌재는 판결을 했어요

최 모씨의 국정농단 사건에 책임이
있다 하여도 그리 큰 잘못인가
탄핵까지 했어야 했나?
마음이 많이 무겁고 아프네요

아픈 마음 가다듬으려
바다 보러 왔어요

잔잔한 파도처럼
평온한 갈매기처럼
저녁노을 햇살에 온기 채우며
우리 모두가 평안을 찾고
밝은 태양처럼 대한민국의 희망을 기원합니다

# 애국

애국
애국이라는 개념은
누구나 일상에서도 많이 생각한다

특히나 해외 나가게 되면 더 생각한다
대한민국 생산품만 봐도
우리 기업들의 간판만 봐도
가슴이 뭉클하다

더구나 대한민국의 경제개발 정책들을
다른 국가에서 우수 사례로 벤치마킹 할 때면
더욱 긍지와 자부심을 느낀다

국가의 운영 방침을 지키고
국가 성장에 기여하는 것이 애국이다

우리는 항상 마음 중심에 애국이 있다

# 아픔

바느질하다가
바늘에 찔려 본 적 있습니까?

공사 현장에서 작업 중에
못에 밟혀 본 적 있습니까?

길 가다 돌부리에 걸채여 무릎 깨져
아파본 적 있습니까?

소리 없는 내 아픔을 달래고 있습니다
아픔은 인내가 필요한 듯합니다
더 성숙해지려나 봅니다

아자~~~ 힘내자
내일은 새로운 시작입니다

# 기다리며

이번 경주는 스물이틀 동안 뛰는 기나긴 경주다
열다섯 명의 선수가 달린다

앞서간 다섯 명의 선수는
각기 다른 색상의 옷을 입고
뒤처진 나머지 선수는 자유복을 입고 달린다

달리는 과정에서
막말도 하고
비웃기도 한다
과거의 잘못들도 나오고 선행들도 나온다

사람들은 그것을 보며
즐기며 쑥덕거린다

어라! 두 명의 선수는 중도 포기를 하네요
힘이 드나 봅니다

선수마다 응원하는 무리도 각기 다르다
자기 선수가 일등 하라고
온종일 소리치며 손을 흔들어 준다

지나가는 사람에게 정중히 고개 숙여 인사도 한다
가족들도 총동원하여 앞장서 함께 한다

나도 이번엔 녹색 옷을 입고
선수를 위해 적극 응원에 나섰다

내가 지지하는 선수는 자수성가하고
사회에 기부도 많이 한 선수라
잘 할 것이라는 기대와 사람들의 평이 좋다

일등 하기를 기도하며 응원한다

# 송병길 생각

5월 18일은
노무현 대통령 사망 8주기 추모식 날
박근혜 대통령 재판 최순실 대면조사 날

참으로 안타까운 대한민국 현실
누구는 영웅인 듯
누구는 죄인인 듯

상반되는 생각이 엇갈리는 뉴스를 보며
가슴 아픈 대한민국 현실을 보았습니다

전직 대통령 두 분 때문에
국익이 손실되었나
국가의 위상이 떨어졌던가

전직 대통령 한 분은 부정을 조사하려 하니
본인 스스로 총대를 메고 부엉이 바위에서 떨어지고

돈 한 푼 안 먹은 듯한데
엉뚱한 국정운영 잘못이라며 감옥으로 보내다니

귀가 막혀 옳은 소리를 못 듣는지
눈이 가려 앞을 못 보는지
이것이 대한민국의 아픔입니다

이럴 때 우리는 어찌해야 합니까?

결론은 국민의 몫
각자의 판단이 요구됩니다

대한민국 고위급 정치인들이
국익만을 위해 일한다면
대한민국 좋은 나라

# 도심의 해돋이

하늘공원
소슬 스치는 억새풀 사이로
새해가 솟아오른다

새해
기원을 알리는 북소리

새해
소망을 주문하는 속삭임

가족, 동료, 연인에게 우리는 말한다
"새해 복 많이 받으세요"라고

오늘 아침 햇살처럼
포근한 온기 느끼며
세상을 밝히는
희망찬 한 해 되길 기원한다

# 2부
# 자연

벗고 있으면
모두가 같은 것을

벗으니 가볍고 좋더라

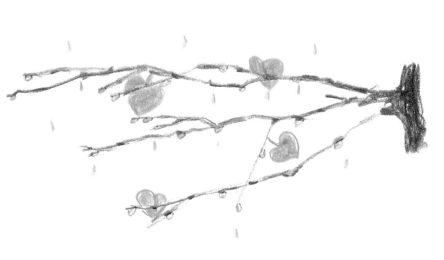

# 낙엽

어느 가을날
나는
아름다운 오색 단풍산을 바라본다

걷는 길
낙엽 구르는 소리에
발걸음 멈추게 하는
말라버린 가을 잎새들

마른 낙엽 밟으며
스며드는 많은 생각들

쓸쓸하고
허전한
아름다운 옛 추억이 살아 오른다

한잎 두잎 떨어진 낙엽 밟으며
바스락바스락 소리에 깨어
그 시절 그리며
가을 향기에 젖는다

# 봄

사람들은 말한다

벌써 이월이냐고
벌써 입춘이냐고

보릿잎 꾹꾹 밟아도 다시 일어나듯
버들강아지 강가 멀리 있어도
잔뜩 물을 품듯

가벼운 시간들 사이로 이렇게
봄은 살포시 오나 보다

# 가을맞이

초가을 빗소리에
아찔하게 취한 듯
나무 위에 앉아 있던 새 한 마리

쏟아지는 빗방울에
바빠지는 날갯짓
나도 그 틈새에 끼어들어
분주해진다

붉지 않다고
가슴속
뜨거움이 없겠는가?

다만 뜨거움에 들어서서
아직은 설익은
시간들이 남았기에
잠시 놓았던
농익음을 기다리며
눈부시게 널 맞이하리라

# 내 고향 변산반도 노을

두고 온 해변
익어가는 내 고향 바닷가

지나간 세월 속
추억의 순간들
노을에
그리움 가득하네

월명암 낙조대서
서쪽 하늘 저 바다 보자니
기울어진 돛단배 꽃단장 기다리며
끝내 찾아오는 이쁜 노을은 장관이네

눈에 모아
맘에 담아
저 그림 모두에게 주고 싶다

내 고향 변산반도
아름다운 노을은
찾는 이에게 큰 선물 안겨주네

# 첫눈

부스스 눈뜬 새벽녘
창문 내다보니
눈이 내리고 있었다

첫눈이다

펄펄 내리는 눈송이들
모여들다 흩어지고
흩어졌다 다시 오고

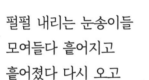

함박눈이 내린 아침
경포대 은은한 파도 소리에
휘파람 불며 거닐었다

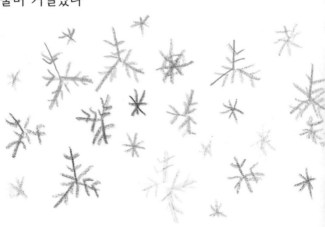

생각도 마음도 자유로이
첫눈에 젖어버렸다

눈이 서릿바람 타고
바닷가에 사붓사붓 내려앉는다

# 월명암에서

기왓장 처마 밑
툇마루에 앉아 바라본다

코스모스, 해바라기 그 뒤엔
산새들의 놀이터 넓은 숲속
먼산 산기슭 올라앉은 듯
아름다운 변산반도 월명암

밤새
풀벌레 울음소리 들으며
머리 빡빡 깎으신 스님과 정겨운 담소를

이른 아침
산새 소리 모닝콜 소리에 일어나
부처님과 잠시 속삭임을

역사가 담긴 월명암
추억을 만들어 준 월명암
내 고향 변산반도 월명암

옛 생각에 젖고
내일의 꿈을 그려본다

아름다운 월명암에서
기쁨과 희망을 찾고 돌아간다

고향은 언제나 포근한 곳

# 가을이 오네

시골집 마을
벼 이삭 누렇게 고개 숙이고
내 마음 덩달아 고개 숙이네

양화대교 아래
억새풀은 하얀 솜방망이 되어
가로등 불빛 아래 강바람에 산들산들 춤을 추며
가을을 말하네

한잎 두잎 가지마다 붉게 물들어 가는 단풍
찬바람 가을밤 그 옆 함께 하노라니
나도 가을로 따라가네

가을은 누가 오라 했는가
오지 말라 해도 찾아오는 가을
누군가 부르는 소리에 뒤돌아보다
다가오기 기다리며 귀를 세우네

가을이 주는
나의 힘
아름다운 은혜를 느끼네

# 단풍

설레임에 물들고
수줍음에 물들고
한잔 술에 물들고
우리 모두 물들었네

아!
익어가는 가을
설악 필례동산에서
단풍잎 사이
붉은빛을 머금고
나도 물들었네

# 돋을볕 산책

오늘 아침
산책치고는 먼길 나섰다

버스에 올라 회색 구름 타고
흰 줄 따라, 노란 줄 따라
굽이굽이 강릉 가는 길

설레는 돋을볕
구름과 맞닿은 산이
너른 들을 굽어보는 길목
시원한 바람이 스쳐간다

누렇게 누렇게
고개 숙인 벼 이삭들
눈에 들어올 듯, 맘에 들어올 듯
황금물결인지 돋을볕 햇살인지
잠시 마음 비우고 돌아섰다
시간 속 아름다운 추억을 담고

# 내일

기다리는 내일은
할 일이 있어 아침이 기다려진다
일하는 기쁨을 알기에

기다리는 내일은
누구를 만날까?
무슨 얘기를 나눌까?
준비하고 맞이할 설레임
기다려진다

기다리는 내일은
내 꿈이 있기에 기다려진다

내일은
기쁨, 행복, 보람이겠지

# 까치밥 감 하나

봄
여름
함께했던 동무들 모두 떠나고
나 외로이 남았네

나 홀로 있노라니
내 몸 튼튼히 키워
주인에게 더 보답할 걸 아쉬움

힘들어도 감나무 끝에 머물다가
마지막 지나는
바람이 전하는 말 들으며
고마운 까치와 눈 맞아
내가 먼저 윙크했네

내 동무들 봄에 또 만나기를

# 가을 사랑

가을아
이른 아침 아름다운 가을아
오면 가지 말아라
내 마음 알려니

익어버린 너의 모습
나는 너의 모습에 반하고 말았네

흩어지는 낙엽
뒹구는 모습에 너와 속삭였고
가을비 내리는 소리에
너의 귓속말 들었네

하얀 고무신 뽀얗게 닦아
정결하게 신듯이

가을아
너의 모습 담아두고
떨어지는 낙엽 따라 나도 가련다

# 봄비

봄비

작은 창 방울방울 맺히는 봄비
여러 방울 모여서 계곡을 만드네

창밖 뿌연 연기 속 희미한 동영상
달달한 봄비에 분주한 듯한 움직임
봄비도 바쁘네

봄비는
목마른 이에게
떠난 사랑에게
뿌연 내 작은 창도 닦아주네

# 가을밤 바닷가에서


이 소리가 들리는가?
철썩 철썩 쏴~~~
아름다운 멜로디
모래밭 앞에
작은 흰 구름 다가온다

바다 횟집
경포대 횟집
소라 횟집 앞
파도 소리 들으며
모래 위 걷다 보니

오래전 옛 님의
목소리도 들리네

# 짐

벗고 있노라니
이렇게 편한 것을

무엇을 감추려고 보이려고
입고 또 입었을까?

추워서 입었을까?
멋지게 보이려 입었을까?

벗고 있으면
모두가 같은 것을
벗으니 가볍고 좋더라

# 늙은 나무의 말

수백년을 터 잡고
말없이 하늘을 향해
촉수를 뻗은 나무

속은 다 비어
새들과 작은 벌레들이
둥지를 틀고 들락거린다

몸은 지쳤어도
봄이 되면 푸른 잎새를
살뜰하게 키워내는 모성애
흐르는 바람에 위로를 받아
굳건히 버티며 맑게 웃는 나무
부끄러움 없는 생을 위해
쉼 없이 달려왔다

욕심을 다 채우고는 남에게 줄 것이 없다
희생의 진실은
가슴 깊은 곳에서 나와야 한다는 것을 안다

나무는 온몸으로 그 실상을 보여주고 있다

# 이른 아침

어두움 환해지는 아침
찬바람 솔솔 스친다

스치는 바람 사이 발걸음 향한 일터
긴 전동차에 올라 윙윙 소리 들으며
오늘 일정을 점검한다
이런저런 생각

가을볕
저 푸른 하늘의 태양처럼
들녘의 곡식들 익히는 일처럼

나도 오늘 하루
아름다운 미소로
넉넉한 풍년을 맞이해야지

# 시간 있을 때

시간 있을 때
무엇을 하시나요?

나는
시간 있을 때
조용히 사색에 빠집니다
옛 추억도 되새겨 보고
그때 그 사람도 떠올려 봅니다

시간 있을 때
그때는 왜 그랬지 하며
후회도 하고 계획도 세워 봅니다

시간 있을 때
가족도, 지인들도 생각해 봅니다
가족과 지인들에 대한 소홀함과 감사함을
이제는 내가 더 잘 해야지

시간 있을 때
꿈도, 비전도 그려봅니다
내가 더 큰 역할 위해 더 큰 무장이 필요함을

시간을 내어
비우는 것도, 채우는 것도
시간 있을 때 깨달음도 알았습니다

오늘도 시간이 있기에
북한산 자락 쪽바위에 걸터앉아
부족한 글 써보는 것은 큰 기쁨입니다

# 발

부단히도 바빴다

새삼 너를 보노라니 애썼다
너의 움직임이
그 힘이 고맙다

당신의 고마움을 돌아보고 이제야 알았다
미안하다
잠시 쉬고 가자

우리는 떨어져서는 못 산다
나는 네가 필요하고
너는 내가 있어야 한다

다시 뛸 때가 온다
곧 온다
곧 온다

# 봄은 연주가다

얼었던 시냇물이 녹아 흐르고
버들강아지와 이른 봄꽃들이
저마다의 음표를 연주하듯이
꽃망울 터뜨린다

굳었던 마음도 햇살을 받아
봄을 가슴에 담으며 콧노래 즐겁다

나무들도 잎을 틔우고
수액을 끌어올려 저마다의 꽃을 피워 낸다

사람들도 봄의 음표가 되어
명랑한 사랑의 언어를 꽃피우면 좋겠다

자연이 주는 기운을 받아
내일의 꿈을 안고
자연 음표의 건강한 리듬을 타자

# 무지개

어릴 적 크레파스로 쉽게 그렸던 무지개
지평선을 따라 활처럼 그려진 일곱 색의
무지개는 유년의 꿈으로 빛났었다

비가 그치고 나면 설렘으로 기다려지는
무지개는 예나 지금이나 흔하게 볼 수 없는
신의 깜짝 선물이었다

복잡한 세상살이에 지치고
바이러스가 더욱 힘들게 하는 요즘
무지개처럼 하늘에서 신호를 빨리
보내준다면 얼마나 좋을까?

일곱 빛깔이 주는 행운
빨 주 노 초 파 남 보
이 시대를 살아가는 힘든 사람들에게
무지갯빛이 내리기를 기원해 본다

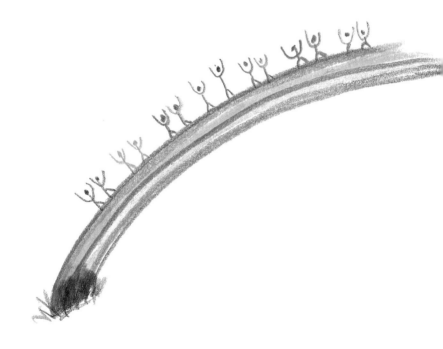

# 3부
# 낭만

몸도 마음도 튼튼해진 지금
나는 행복하네

# 깨달음

이제야 알았습니다
이제야 보입니다
이제야…

# 모래밭 삶

지금까지 살면서 많은 일들을 모래밭에 쌓아
하나 둘씩 자랑하며 살아왔건만
큰 파도에 밀려 쉽게 지워져 버린다

올라왔다 내려가는 긴 파도 소리에 깨어
새롭게 써 내야만 하는데 무엇을 다시 쓸꼬
채우고 비우는 모래밭 삶
무엇을 얻고자 하는 나의 마음이
한없이 부끄럽기만 하네

모래밭 밤하늘에 비치는 달빛에게
물어본다
어디서부터 다시 시작을 해야 하니?

# 님의 발자국

어두운 밤
경포대 바닷가
파도 소리 들으며
흥얼흥얼
콧노래 불러본다

모래밭 한참을 걷다 보니
살포시 다가오는
모래알의 전율

어느 곳
수많은 발자국이
남아 있는데
님의 발자국은 어디에

이것일까?
저것일까?
찾다가 이 밤을 다 새우는구나

# 혼자 있을 때

나 혼자 있을 때

개울가도 좋아요
주차장도 좋고요
깊은 산 숲속은 더 좋아요

나 혼자 있을 때
그냥 이렇게 있노라면 이런저런
지나가는 바람소리에 귀 멜 수 있어요

개울가에 있노라면
속리산 아래 들녘 갈대 흔들림에 따라가고

주차장에 있다 보면
새만금 쉼터 파도 소리 출렁이는 잔잔함

깊은 산 숲속에서 쉬다 보면
변산반도 월명암 산새들의 멜로디
지금은 이런 것이 좋아요

나 홀로 작은 집 쉼 하다 보면
내 내일 비전 그릴 수 있어
때론 혼자도 좋아요
지금이 좋아요

# 시간이 지나고 보니

시간이 지나고 보니
별것 아님을

긴장 속 불안감, 초조함에
나는 떨었다

돌이켜 보니 산에 오르고
절에 가 기도하던 때도 많았다

달래고 다짐하고 위로하며
버텨 온 시간들

이제야 나는
그 자리 평안과 기쁨을 찾았네

산에 간, 절에 간
친구에게도 감사가 가득하네

몸도 마음도 튼튼해진 지금
나는 행복하네

# 나보고 쉬라만 하네

호숫가 작은 집 지어놓고
풀벌레 아름다운 멜로디에 귀 기울이자니
갑자기 홀로 뛰는 물고기가 날 놀리네

바람소리 지나는 나뭇가지 사이에서
잔잔한 음악 소리에 나는 흥얼거리고 있네

물위에 떠 있는 밝은 별 하나
수많은 별들 중에 그중에 너를 만나
우린 서로를 알아보고 속삭여 본다

달빛 가린 저 먼 하늘 바라보며
어설픈 네 몸짓 때문에
오늘에야 너를 만나고
하나도 모르면서 둘을 알려고 한다

오늘밤 나는 이곳에서 쉬고 있네
지금까지 살면서 찾아온 적 없는
작은 나의 행복이

이제야 꿀잼 휴식을 맞이하나 보다
사업도, 가정도 나보고 쉬라만 하네

언젠간 갈 곳도, 찾는 이도, 할 일도 많아질 텐데
지금쯤 기여와 보람, 나의 큰 행복을 위해
나는 더 쉬면서 채워 보련다

어쩜 이 순간 나의 행복이 아닐런지

# 다른 길 걷다

가던 길 뒤로한 채
다른 길을 걷는다

어느새 세월이 십여 년 흘러
쉬어 갈 때가 생겼다

출발 때는 분명 목적지가 선명했는데
긴 걸음에
목적지가 어딘지 궁금하다

처음부터 다른 길 걸었던가?
아니면 힘들어 편한 길 찾는 건지

다른 길 걷다가
희로애락도
소중한 것도, 보람도 있었건만
무엇에 만족하며 위로할까?

분명 그동안 걸어온 긴 발자취는
흔적이 있을 것이다

그 발자국 찾아 되새기며
나는 잠시 쉬어 가련다

# 내 고향 변산반도

내 고향 변산반도
신비로운 풍경이 나를 만들었네

직소폭포 물소리 복음 귀를 만들고
계곡의 벼락폭포 밝은 눈을 뜨게 하고
동래국 보물찾기 머리 숫자 늘려주네
쌍선봉 웅비하는 힘이고
고요한 앞바다는 겸손한 마음 되었네

내 고향 변산반도
나의 어머니

만선의 기쁨을 나누는 어부의 뱃노래
풍성한 수확을 거두는
농부의 풍년가는 우렁차구나

내 고향 변산반도
나를 키워준 어머니께
보답 드릴 날은 언제쯤일까?

# 내 나이 스물일곱

내 나이 스물일곱
창업 이년 차

열심히 일해서
돈은 무조건 많이 벌어야 한다

그 대신 반은 써야 한다
밥도 사고 술도 먹어야 하니까

어찌 할꼬 난 술에 약한데
그래도 좋다
우리라는 단어가 날 그렇게 만든다

지금 세월이 흘러 뒤돌아보니
아쉬움도, 미련도 있지만
기쁨이 크기만 하다

# 비우고 채우자

늘 그랬다

비우다
채우다
느끼다
즐기다
일하다
오늘은 비운다

목말라 마셔버린 빈 물병
맛있게 먹다 보니 빈 밥그릇

버리자 비우자
무엇을

너는 알잖아
그래야만 채우지

# 때는 오더라

때는 오더라

가을비 우산 속 걷는 때도 오고
겨울잠 자던 개구리도 깨어나면
진달래도, 개나리도 피려 하네

친구들과 토닥토닥 소리 내며 만지작거리다 보면
어느덧 예쁜 집 한 채 만들어지던 그 옛날

계절 따라 피어나는 꽃들도
통증을 이겨낸 아름다움인 것을

인내를 배우라 하네
때가 되면 기쁨은 힘차게 온다고

# 때로는 삿갓이 필요하네

때로는 나도 삿갓이 필요하네

무더운 햇살을 피하기보다는
내 부끄러움이 있기에
나도 가끔은 삿갓이 필요하네

내 조부께서는 1936년 큰 흉년으로
소를 팔아 주민들께 식량을 나누어주시고
내 소학교 다녔던 실타래 도랑길
덜컹덜컹 달구지길로 공덕비도 받았건만

나는 중년 되어 무엇을 했는가?
세상사 모든 이들은 돈과 명예라 하지만
나는 꼭 그리 생각하지 않네그려

세월이 가고
더 늙어도
내 집안엔 큰 삿갓 없이
그분처럼 나 살려 하네

4부
# 가족의 고마움

기회는 준비된 자만이
쟁취할 수 있습니다
기대에 어긋나지 않겠습니다

고맙습니다

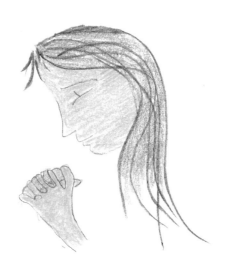

# 늙은 사랑은 짠하다

그것은 세월의
긴 시간들이 있었기 때문인가 보다

바라보는 것만으로 가둘 수 없었던
장밋빛 시절은 사라지고
언덕을 넘어 내려오는 뒷모습

곁에 있어도 눈 질근 감아야
뒷모습이라도 잡을 수 있는 사랑

눈물을 쏠어주던
손등도 함께 늙으니
어느새 황혼이다

늙은 사랑은 얼마나 아픈가?

# 쉼

아는가?
쉼은 기다림인 걸

내 쉴 때
마디마디가 만들어지는 것을

이른 아침 남들은 출근할 때
나는 목적지가 없고
남들은 뙤약볕 들녘에 땀 흘릴 때
나는 할 게 없어 서성이던 때도 있었다

한참을 쉬더니만
한동안 다문 입도 소리쳐 웃고 있었다

하얀 목련꽃 필 때쯤에야
내 얼굴도 목련꽃 닮아간다

쉼이 있었기에
나는 이렇게 강건해져 간다

# 님을 위한 기도

님이여
님의 간절한 소망은 무엇입니까?

님이여
님의 꿈꾸는 희망은 무엇입니까?

님이여
님의 비전은 무엇입니까?

님이여
님의 삶의 목표는 무엇입니까?

님이여
님의 건강은 어떻습니까?

기도합니다
님보다 더 간절한 마음으로
님의 소망, 비전, 목표, 건강이 이루어질 때까지
나는 님을 위해 기도하겠습니다

님이여
님의 기도가 이루어질 때면
나를 위하기보다는
이웃을 위해 기도하길 바라오

# 감사한 마음

요즘
시간이 지나면서 감사를 더 느낍니다

주변 분들께서 왜 활동 안 하냐고
보기가 힘들다는 말씀 하시네요

감사한 말씀 마음에 새깁니다
벌써 2년이 지났는데도요

행여
짐 될까 봐
저는 감추고 있습니다

자숙과 반성
무장의 시간이 필요한 듯해서요

시간이 지나면서 많이 배웁니다
어쩜 지금의 순간이 행복 아닐까도

돈도, 명예도, 보람도 절실함
오늘도 그려봅니다

기회는 준비된 자만이 쟁취할 수 있습니다
기대에 어긋나지 않겠습니다

고맙습니다

# 옥상에서

이곳 평안 주는 옥상
세월 속 흐름이네
더 높은 곳 솜사탕 사이
님의 눈빛 하나 둘
별똥인 듯 지나는 작은 비행기
길 건너 친구네 옥상
저기 강 건너엔 희미한 우리 집 옥상 보이네

옥상 동트면
아래선 분주한 움직임

아픔 예방 위한 검진들
평안 찾는 이에게 웃음 주는 곳이네

내 생전 처음
내 이름 배정받아 누워 본 침대
별일 없겠지 기대감에

오늘밤 나는
옥상과 함께 여유 느끼며
내 맘도 바라보네

함께 한 지금
밤하늘 바로 볼 수 있는
내 눈 밝혀주는 선물도 주네

# 내 이름 석 자

송
병
길
지금껏 달려온 길

논두렁길, 신작로, 고속도로 걸어도 봤건만
이제야 붉은 감나무 밑에 와 있는 듯하네

큰 그늘 밑 열매 따러 가는 길은
저만큼 보이는데

남 따라가기보다는
내 길로 만들어 가야겠네

# 날씨가 전해 주는 마음

오늘은
칭찬의 힘으로 시작이다

흐리다
왠지 차분해진다
비가 오려나 보다
그 비가 올 때쯤이면
맘 그리운 이가 많았으면 좋겠다

맑다
화려한 옷차림
어딘가 가고 싶다
그곳에 가면
좋은 일들이 많을 것만 같다

오늘은
흐리다 맑다 오락가락
새 계획을 만들어 보자

수줍은 그녀의
따뜻한 커피 한 잔이 평온을 가져다주네

# 내가 지키는 것

마음
내 그동안의 마음이
고뇌, 역경, 슬픔, 사랑, 기쁨, 행복, 배려, 나눔
보람찬 마음이 더 나은 내일을 키우려 한다

일
내 그동안의 일이
온몸으로 움직임의 역할이 나를 만들었고
더 성숙한 나를 만들기 위해 오늘도 일한다

사랑
내 그동안의 사랑이
사랑의 힘으로 나를 지탱케 하고
사랑의 힘은 무한함을 깨닫게 한다

건강
내 그동안의 건강이
건강한 마음으로 일도
사랑도, 비전도 지키고 키울 수 있어 좋다

비전
내 그동안의 비전이
비전이 있기에 희망으로 부단히 노력했다
더 큰 행복과 보람 찾기 위해 나는 또 비전을 찾는다

이런 것이 삶 아닐런지
나는 지금도 이것을 지키려 한다

# 한없이 미안했던 날

오늘은 한없이 미안한 마음이다
결혼 이후 몇 번의 병원 신세를 지곤 했으나
이번은 다르다
어제는 응급실과 중환자실에서 하루를 보냈다

이제야 병실로 옮기고 보니 이런 생각이 든다
한없이 미안한 마음
이 모든 것이 꼭 나 때문에 벌어진 일 같다

아이들도 엄마가 아프니 분주하다
난 집안일보다는 항상 바깥일로 바쁘게 산다
그러지 않아도 되는 것을 누굴 위해 그럴까?

난 그냥 그것이 좋았다
난 오늘 깨달음이 있다
앞으론 집안일로 바쁘게 살겠다고 다짐해 본다

영미씨
미안해요
사랑해요
잘 할게요

이것이 가족이다
이것이 노후대책이다

# 아들 때문에 감사한 날

아들이 여의도 금융사 직장 1년 차인데
회사에서 인센티브와 루이 비통 지갑을 받았다고
가족들에게 반포 서래마을 일식집에서
인당 15만 원의 식사와 동생은 50만 원,
부모는 100만 원을 주네요

인센티브 받았다는 카톡 보니 기쁨이고
고급 일식집에서 가족이 함께 식사하니 행복했고
아들의 직장 회장님, 대표님에게는 고마움 가득하네요
또한 아들이 사회생활 잘하는 것 같아 대견하고요

요즘
코로나19로 인해 기업들의 어려운 경제 환경에서도
좋은 성과에 감사하고 앞으로도 성장을 응원합니다

훌륭한 아들 덕분에
기쁘고 행복한 감동의 짜릿함을 느껴 감사하다
사랑해, 아들!

아빠 엄마는 쭈욱 응원한다
홧팅!

# 행복

진정 바람으로
기대의 눈길이 있고
칭찬해 주는 입술이 있으며
힘을 주는 그대의 손길이 있다

그리고
응원의 발길이 있어
나는 더 행복하다

지금도
그대가 있기에 나를 지탱케 하고
기대와 바람, 비전이
그것이 나의 힘이고 행복이다

# 그대가 있어

그대가 있어
생각이 많아졌습니다

그대가 있어
행복하고 즐겁고
기대가 되고
기다림, 설레임도 생겼어요

무엇 하고 있을까?
어디 있을까?
궁금함이 생기고
속삭이고
만져보고 싶은 마음도 듭니다

그대가 있어
더 열심히 하고
아름다운 내 모습 채우며
좋은 모습 만들려고만 합니다
그대가 있어

# 추석 명절을 보내며

명절 인사 드립니다

오늘 아침 18년 전 작고하신
아버님의 제사를 모시면서 이런 생각을 했습니다

김구 선생의 좌우명을 되새겨 봅니다
눈 덮인 들판을 걸어갈 때
함부로 어지럽게 걷지 마라
오늘 내가 가는 이 발자취는
뒷사람의 이정표가 될 것이니

조상님들과 아버님의 일상을
어린 시절부터 지켜봐 왔습니다

지금 생각해 보면 모든 것들이 감사합니다
저도 그렇게 살도록 노력하겠습니다

행복한 추석 명절 보내세요

# 구두의 단상

구두 밑창을 갈며
자세히 보니 양쪽의 균형이 맞지 않는다
나도 모르게 기울어져 걸었는지도 모른다

수선 아저씨의 말
"누구나 밑창이 다 다르게 닳아요
손님은 양호한 편이에요"
똑바로 걷는다 해도 조금씩이라도 다르다는 걸
새삼 구두를 수선하며 알았다

신발은 온몸의 무게를 받고도
군말 없이 균형을 맞춰주고 있었다

그동안 나를 감싸고
바쁜 일들을 할 수 있게 해준 정든 구두
따스한 눈으로 바라본다

구두는 아무리 힘들어도
내색 없이 받쳐주는 부모님처럼
나를 지탱해 주며 낡아가고 있었다

# 추천사
## -《내 마음의 소리》 발간을 축하하며

글을 쓴다는 것, 그것은 참으로 어려운 작업이다. 평소 말은 술 넘어가듯 술술 잘 하는 사람도 글을 쓰라면 선뜻 붓을 잡지 못한다. 그것은 마음이 쓰자고 하는 글과 일치하지 못하기 때문이며, 감성이 일어나지 않기 때문이다.

글쓰기의 여러 장르 중에 수필이나 소설 같은 분야는 경험이나 상상력, 삶의 현장에서 목격한 여러 부류의 이야기를 엮어갈 수 있으나 시(詩)를 쓴다는 작업은 그렇게 간단하지가 않다. 한 줄 써놓고 온종일 머리를 싸매고 한 편도 귀결 짓지 못하는 경우가 있는가 하면, "데뷔작이 은퇴작이 된다"라는 말도 있다. 시(詩)란 함축과 은유, 여백의 미(美)가 빛나기에 문학의 꽃이라 할 수 있다.

송병길 시인의 시를 보면 참으로 열정이 많고 감성이 풍부한 사람임을 알 수 있다. 훤칠한 키에 이목구비가 뚜렷한 미남형에 무슨 일이든 주어진 일에 열과 성을 다하는 책임감이 강한 사람이라는 것은 주위 사람들에게 정평이 나 있다.

나는 송병길 시인이 의원 시절 그의 고향 부안에 동행한 일이 있었다. 놀라웠다. 그의 애향심이나 그가 지닌 사회·국가관, 조상에 대한 자긍심 등 하루를 함께 보내는 동안 그를 훌륭한 친구라 여겼는데, 어느새 등단을 하고 벌써 첫 시집을 발간한다니 나로선 놀라운 일이 아닐 수 없다.

나 역시 반평생 동안 문학을 했지만 송병길 시인의 원고 몇 편은 오래도록 내 시선을 잡았다.

그의 시 〈애국〉을 보면 외국에서 한국 제품이나 우리 기업들의 간판만 봐도 가슴 뭉클함을 느꼈다고 했다. 이 대목만 보더라도 송병길 시인의 애국심이 얼마나 절실한가를 볼 수 있다.

또 한편 〈소나무〉에서는 "참으로 애썼다 / 긴 세월 만들어 온 너의 모습 / 수많은 역경을 이겨낸 너 ～

~ (중략) ~ ~   나도 너처럼 고귀해지려고 / 쉼 없이 배운다"라고 읊으며, 위대한 자연의 진리를 통해 한 사람으로서의 완성을 배운다고 했다. 그는 자연과 함께 호흡하며 교감할 줄 아는, 순수하고도 가슴 따스한 시인임을 잘 드러내고 있는 것이다.

또 그의 시 〈마포 이야기〉에서는 "그저 마포란 이름만 들어도 힘이 난다 / 마포를 떠나지 않을 것이다 // 나의 희망, 나의 꿈이 이루어진 곳 / 더 큰 꿈을 이룰 마포는 나의 종착역이 아닐까?"라고 읊고 있는데, 이로 미루어 볼 때 마포는 그의 제2의 고향이요, 그가 자수성가한 곳이요, 그의 꿈을 펼칠 만큼 애정 어린 곳임을 알 수 있다.

마포는 예로부터 한강 3대 포구로 꼽혀왔는데, 그중 마포나루는 700여 년의 유구한 역사를 지닌 나루터로서 내륙의 특산물은 물론 서·남해안의 해산물이 한양으로 들어오는 교역의 관문이자 항시 떠들썩한 장터로 유명했던 고장이었다. 지금도 마포는 서울의 관문으로 무한한 발전의 동력을 지닌 고장임을 시인은 꿰뚫어 보았다.

"한강의 아름다운 경관을 갖추고 있으며 / 인천 공항의 진출입로에 위치하고 / 상암 지역은 방송의 메카로 자리 잡고 / 홍대 앞 상권은 글로벌 젊음의 광장으로 / 또한 마포는 통일을 대비한 희망의 지역"이라 노래하고 있다. 지역발전은 물론 국가발전 동력에 불을 붙일 수 있는 희망의 땅으로 여겨 애정을 품고 있음이 강하다.

송병길 시인은 김삿갓 풍류문학상을 수상할 만큼 문재(文才)이다. 그러나 시인은 풍류만 즐겨 노래하는 베짱이가 아니라 지독한 일 벌레이기도 하다.

그동안 틈틈이 감성 어린 글로 희망과 욕망을 표출한 송병길 시인의 《내 마음의 소리》 시집 출간을 다시 한 번 축하하며, 한국 문단을 빛낼 수 있는 무궁한 문운(文運)을 기대하는 바이다.

주광석(시인, 문학박사)

# 에필로그

저의 처음 고향은 바닷가 작은 마을 변산반도 부안이었습니다. 밀려나갔던 썰물이 다시 돌아와 해변 가득 충만함이 감싸던 그곳. 휘영청 밝은 달빛만으로 풍요로운 꿈을 꾸게 하던 곳.

가난한 일상이었지만 그러하였기에 돌과 풀과 나무를 벗삼아 지내며 깨끗하고 순수한 마음을 간직하게 하였고, 온 땅과 하늘을 내 것 삼는 행복한 여유와 너그러움을 자연스레 터득하며 지내왔습니다.

매일 수고하지 않고는 누릴 수 있는 것이 없는 생활이었지만 이 또한 하늘의 태양과 달의 한결같음을 닮은 부지런한 삶을 살 수 있게 했습니다. 어린 시절 선물받은 이 모든 것들로 더 멋진 세상을 이루고 싶은 꿈을 품고 청년의 때 무작정 상경한 이곳, 서울 마포.

가진 것 없어도 열정 하나면 충분하다는 마음가짐 하나로 땀 흘리고 부지런히 수고한 시간들로 매일을 채웠습니다. 나만을 위해서가 아닌 소중한 꿈을 이루고

자 애쓰는 발걸음이 지치지 않도록 먼저 길을 내주고 픈 마음으로 무작정 앞만 보고 여기까지 오게 되었습니다.

마포 지역 주민들의 편의와 경제 활동과 일상에 도움이 되고자 지난 8년간 지방의회 의원으로도 역할을 감당해 왔습니다.

나를 넘어서 많은 이들의 삶이 평온해지고 윤택해지도록 돕고 싶은 마음으로 오다가 문득 숨이 찼습니다. 때로는 텅 빈 자유의 충만이 새 숨을 일으키게 합니다. 그리고 먼저 길을 만들어 안내자가 되기를 소망하는 마음과 함께 걸어온 발자취들을 되짚으며 이 시집을 출간하게 되었습니다.

정신없이 오늘이라는 시간을 걷다가 달리다 지친 모두에게 믿음직한 안내자의 소망이 진실하게 전해지는 시집이 되기를 기대합니다. 이제는 마지막 고향 마포의 길을 앞서 만들며 나아가고 싶습니다. 걷기 쉽게 다져진 그 길을 통해 많은 이들이 평안과 자유를 누리며 사랑하며 살아가게 되기를 소망해 봅니다.

송병길

# 내 마음의 소리

**초판 1쇄 인쇄** 2022. 02. 11
**초판 1쇄 발행** 2022. 02. 17

**지은이** 송병길
**펴낸이** 김형성
**펴낸곳** (주)시아컨텐츠그룹
**그 림** 이원표
**편 집** 강경수
**디자인** 공간42

**주소** 서울특별시 마포구 월드컵북로5길 65 (서교동), 주원빌딩 2F
**전화** 02-3141-9671
**팩스** 02-3141-9673
**E-mail** siaabook9671@naver.com
**등록번호** 제406-251002014000093호
**등록일** 2014년 5월 7일

ISBN 979-11-88519-34-7 [03810]